~ Just Like Home ~
Como en Mi Tierra

WRITTEN BY ❀ ESCRITO POR
Elizabeth I. Miller

PAINTINGS BY ❀ PINTURAS DE
Mira Reisberg

SPANISH TRANSLATION BY ❀ TRADUCIDO AL ESPAÑOL POR
Teresa Mlawer

ALBERT WHITMAN & COMPANY
MORTON GROVE, ILLINOIS

I would like to thank some very talented friends:
Stephanie Abler, Mitch Myers, Kathleen Matts, Jennifer Gall, Jeff Peterson,
Cindy Morton, Melissa and Megan Moriarty, and Dorothy and
Speed Geduldig; my fabulously gifted critique group: Martha Weston,
Susan Guevara, Ashley Wolff, and Dwight Bean; the librarians
of the San Francisco Public Library, especially Linda Geistlinger,
Kathy Hunsicker, and Bill Lynch; and my models: Liliana Rodriguez,
Lupe Rodriguez, Maria Ureña, Jeanina Brewster, Guy Geduldig, Carl Kincaid,
and the beautiful teacher Melissa Moriarty and her fun second-grade class
at Hatch Elementary School, Half Moon Bay, California.
Finally, many thanks to Elizabeth Miller, Abby Levine, and Scott Piehl,
without whom this book would not have happened. —M. R.

Library of Congress Cataloging-in-Publication Data

Miller, Elizabeth I., 1971-

Just like home / Elizabeth I. Miller ; illustrated by Mira Reisberg ;

Spanish translation by Teresa Mlawer = Como en mi tierra

/ Elizabeth I. Miller ; ilustrado por Mira Reisberg ; español traducido por Teresa Mlawer.

p. cm.

Summary: A young girl's first sights and experiences in the United States are sometimes familiar "just like home."

ISBN 0-8075-4068-4

I. Reisberg, Mira, ill. II. Mlawer, Teresa. III. Title. IV. Title: Como en mi tierra.

PZ73 .M49 1999   [E]—dc21   98-52519   CIP   AC

The art is painted in gouache, acrylic, and pencil.

The design is by Scott Piehl.

For Sue Hepker — I couldn't have done it without you!

For all of the students at Elm Place and Indian Trail
in Highland Park, Illinois, and Catholic Charities in
Peabody, Massachusetts — you're my inspiration!

And for Mom, Dad, and Brian,
who have taught me the true meaning of home.
— E. I. M.

To Yuyi Maria Morales, Tom Ellsworth, Rita Lee,
and Marcela Ostrofsky, with many thanks for your friendship
and inspired help in making this book.
— M. R.

✿ In August, we arrived in the U.S.A. So many different people!

✿ En agosto llegamos a Estados Unidos. ¡Cuánta gente diferente!

⚙ Not like home.

⚙ No como en mi tierra.

❀ Colors everywhere! Red! Green! Blue! Yellow! Purple!

❀ ¡Colores por todas partes! ¡Rojo, verde, azul, amarillo, morado!

✿ Just like home.

✿ Como en mi tierra.

❀ Our cousins took us to their house. We played inside all evening.

❀ Nuestros primos nos llevaron a su casa. Jugamos adentro toda la noche.

❀ Not like home.

❀ No como en mi tierra.

❁ Our cousins' house is not very big. I had to share a room with my sister.

❁ La casa de nuestros primos no es muy grande. Tenía que compartir la habitación con mi hermana.

✿ Just like home.

✿ Como en mi tierra.

❁ Mama and I walked to the market to get some groceries—bread, butter, milk. We asked for chorizo. No one understood. Huh? No chorizo for dinner!

❁ Mamá y yo caminamos al mercado para hacer algunas compras: pan, mantequilla, leche. Pedimos chorizo. Nadie entendió. ¡Vaya, no habrá chorizo para la cena!

❀ Not like home.

❀ No como en mi tierra.

✿ We had a big meal anyway to welcome us to the United States. Yum!

✿ De todas formas, tuvimos una gran cena de bienvenida a Estados Unidos. ¡Delicioso!

❀ Just like home.

❀ Como en mi tierra.

❁ On the first day of school, I was really excited. But when I came into class, no one said hello.

❁ El primer día de escuela, estaba muy entusiasmada. Pero cuando entré en el aula, nadie me saludó.

❁ Not like home.

❁ No como en mi tierra.

❀ My cousin told my teacher all about me. She helped me when I didn't understand what my teacher was saying. My teacher is very nice.

❀ Mi prima le habló a la maestra acerca de mí. También me ayudaba cuando yo no entendía lo que la maestra decía. Mi maestra es muy simpática.

❀ Just like home.

❀ Como en mi tierra.

🌸 After school, my cousin played with her friends. She said
I couldn't play because I didn't know the game. I sat alone.

🌸 Después de clases, mi prima fue a jugar con sus amigas.
Me dijo que yo no podía jugar porque no sabía el juego.
Me senté sola.

✿   Not like home.

✿   No como en mi tierra.

In October we got our own apartment! I wrote a letter to tell my best friend. I told her I was trying to learn English. Then other kids would play with me, and I could be a good student again.

¡En octubre, conseguimos nuestro propio apartamento! Le escribí a mi mejor amiga para contárselo. Le dije que estaba tratando de aprender inglés. Así los otros niños jugarían conmigo y yo podría ser una buena estudiante otra vez.

Just like home.

Como en mi tierra.

mi amiga querida, si supieras cuánto te extraño. Los Estados Unidos es un lugar increíble. Ojalá estuvieras aquí conmigo para que vieras cuántas cosas nuevas hay aquí. Mi nueva maestra sólo habla inglés pero...

❀ In December, it became cold outside. Look! Out the window! Snow!

❀ En diciembre empezó a hacer mucho frío. ¡Mira! ¡Por la ventana! ¡Nieve!

❀ Not like home.

❀ No como en mi tierra.

✿ Today was a special day. At recess, I sat next to the fence, like always. Are those girls coming toward me? Do I want to play? YES!

✿ Hoy fue un día especial. A la hora del recreo, me senté junto a la cerca, como de costumbre. ¿Vienen esas niñas hacia mí? ¿Que si quiero jugar? ¡SÍ!

✿ We played many games and laughed a lot. I didn't want to go inside when our teacher called us.

✿ Jugamos mucho y nos reímos cantidad. Cuando la maestra nos llamó, yo no quería entrar.

✿ Just like home.

✿ Como en mi tierra.

After school, someone special called. Abuela! How great to hear her voice! I used to see her every day. I miss her very much.

Al regresar de la escuela, llamó alguien muy especial: ¡Abuela! ¡Qué alegría oír su voz! Antes, la veía todos los días. La extraño mucho.

❀ Not like home.

❀ No como en mi tierra.

✿ At bedtime, I told Mama all about my day at school. Mama listened to my stories. She sang my favorite song to me. I fell right asleep…

at home.

✿ A la hora de dormir, le conté a mamá lo que había ocurrido ese día en la escuela. Mamá escuchó lo que le dije. Ella me cantó mi canción favorita. Yo me quedé dormida…

como en casa.

Can you find…?　¿Puedes encontrar…?